VENTE
Du Mercredi 3 Mai 1911
HOTEL DROUOT, SALLE Nº 1
A 3 HEURES 1/2

EXPOSITION PUBLIQUE
Le Mardi 2 Mai 1911, de 1 h. 1/2 à 6 heures
Et le Mercredi 3 Mai, de 1 h. 1/2 à 5 h. 1/2

TAPISSERIES

ANCIENNES ET MODERNES

BRODERIES — POINT DE HONGRIE

Appartenant à Mad. X...

COMMISSAIRE-PRISEUR
Mᵉ L. BIVORT
96, rue de la Victoire

EXPERTS
MM. PAULME & B. LASQUIN Fils
10 r. Chauchat | 11, r. Grange-Batelière

CATALOGUE

DES

TAPISSERIES

ANCIENNES ET MODERNES

DES

FLANDRES & D'AUBUSSON

BRODERIES ANCIENNES

POINT DE HONGRIE

Appartenant à Mad. X...

DONT LA VENTE AUX ENCHÈRES PUBLIQUES AURA LIEU

HOTEL DROUOT, SALLE N° 1

LE MERCREDI 3 MAI 1911

à trois heures et demie

<table>
<tr><td>COMMISSAIRE-PRISEUR</td><td>EXPERTS</td></tr>
<tr><td>Me BIVORT</td><td>MM. PAULME & B. LASQUIN Fils</td></tr>
<tr><td>96, rue de la Victoire</td><td>10, rue Chauchat | 11, rue de la Grange-Batelière</td></tr>
</table>

PARIS

Chez lesquels se distribue le Catalogue

EXPOSITION PUBLIQUE

Le Mardi 2 Mai 1911, Salle n° 1, de 1 h. 1/2 à 6 heures
Et, avant la Vente, de 1 h. 1/2 à 3 h. 1/2

CONDITIONS DE LA VENTE

Elle sera faite au comptant.

Les adjudicataires paieront *dix pour cent* en sus des enchères.

L'exposition mettant le public à même de se rendre compte de l'état et de la nature des objets, il ne sera admis aucune réclamation une fois l'adjudication prononcée.

Paris. — Imp. de l'Art. CH. BERGER, 41, rue de la Victoire.

DÉSIGNATION

TAPISSERIES

ANCIENNES ET MODERNES

1 — Panneau rectangulaire en ancienne tapisserie flamande, du XVIe siècle, représentant, dans un paysage, une chasse à courre avec figure de femme allégorique. Au premier plan, à gauche, une licorne.

> Haut., 2 m. 10 cent.; larg., 1 m. 80 cent.

2 — Petit panneau, composé de différents morceaux d'ancienne tapisserie.

> Haut., 2 m. 10 cent.; larg., 1 m. 35 cent.

3 — Panneau rectangulaire en hauteur en ancienne tapisserie d'Aubusson, XVIIIe siècle : verdure, grands arbres, arbustes fleuris, cours d'eau, et habitations.

> Haut., 3 m. 50 cent.; larg., 1 m. 95 cent. environ.

4 — Panneau coupé pour un escalier, en ancienne tapisserie d'Aubusson, du XVIIIᵉ siècle : Verdure, grands arbres, habitations, et ponts sur un cours d'eau. Vers le centre, moutons s'abreuvant; à droite, au centre d'un bouquet d'arbres, groupe de berger et bergère.

Grande hauteur, 3 m. 80 cent.; larg., 5 mètres.

5 — Panneau rectangulaire en ancienne tapisserie d'Aubusson, du XVIIIᵉ siècle, représentant une verdure, avec habitations dans le fond et cours d'eau; fontaine à gauche. Au centre, chien en arrêt devant un faisan.

Haut., 3 m. 35 cent.; larg., 3 m. 30 cent.

6 — Panneau rectangulaire en hauteur, en tapisserie d'Aubusson : Verdure, avec cours d'eau, canards, et buissons de fleurs.

Haut., 3 m. 70 cent.; larg., 1 m. 65 cent.

7 — Panneau rectangulaire en hauteur, en tapisserie d'Aubusson : Verdure avec cours d'eau, et chien en arrêt devant un faisan.

Haut., 5 m. 55 cent., larg. 1 m. 65 cent.

8 — Panneau rectangulaire en tapisserie d'Aubusson, représentant, dans un paysage, une habitation. Au bord d'un cours d'eau, paysan, chien et deux vaches.

Haut. 3 m. 25 cent.; larg., 3 m. 10 cent.

9 — Très grand panneau en tapisserie d'Aubusson, présentant une chasse au cerf sur un fond de paysage. Château dans le lointain. Au premier plan, cerf attaqué par des chiens. (Tapisserie pour escalier.)

Plus grande hauteur, 7 mètres ; larg., 4 m. 60 cent.

BRODERIES ANCIENNES
POINT DE HONGRIE

10 — Petit tapis rectangulaire en drap brodé, décor
de rosaces, bordures à entrelacs. Travail turc.

Long., 1 m. 60 cent.; larg., 1 m. 20 cent.

11 — Tapis de table en satin violet, brodé d'or à
entrelacs et festons de feuillages; avec rosace
centrale.

Diam., 1 m. 90 cent.

12 — Bandeau en ancien damas, décoré d'une frise
à rinceaux fleuris et oiseaux, en broderie de
soie de couleurs.

Haut., 1 mètre.; larg., 4 m. 40 cent.

13 — Portière en peluche bleue, la partie centrale
en ancienne broderie de soie de couleurs, à
rosaces et vases fleuris, avec bordure en tulle
brodé à rinceaux.

Long., 3 m. 40 cent.; larg., 1 m. 90 cent.

14 — Deux grandes portières et un bandeau en peluche rouge, ornés de bandes en ancienne broderie de soies de couleurs au passé, à rinceaux
de fleurs sur fond blanc.

Long. de la broderie, environ 12 m. 50 cent.
Larg. 35 cent.

15 — Grand bandeau en peluche rouge, décoré de trois motifs à vases fleuris en ancienne broderie de soies de couleurs au passé, sur fond blanc. Application de galons.

Long. du bandeau, 4 m. 30 cent.; haut., 1 mètre.

16 — Portière en peluche violette, décorée d'une bande en ancienne broderie de soies de couleurs au point de Hongrie.

Dimensions de la bande en broderie :

Haut., 3 m. 10 cent.; larg., 50 cent.

17 — Petit tapis carré en broderie au point de Hongrie, bordé de peluche verte.

18 — Deux panneaux rectangulaires en ancienne broderie au point de Hongrie.

Dimensions de chaque panneau :

Haut., 2 m. 55 cent.; larg., 1 m. 40 cent.

19 — Encadrement de baie en satin rose, orné de motifs réappliqués en tapisserie au point, à bouquets de fleurs.

Haut., 4 m. 45 cent.; larg., 4 mètres.